Briefe zweier Freunde

Karoline von Günderode

Mit Freude denk ich oft zurück an den Tag, an welchem wir uns zuerst fanden, als ich Dir mit einer ehrfurchtsvollen Verlegenheit entgegentrat wie ein lehrbegieriger Laie dem Hohenpriester. Ich hatte es mir vorgesetzt, Dir womöglich zu gefallen, und das Bewußtsein meines eigenen Wertes wäre mir in seinen Grundfesten erschüttert worden, hättest Du Dich gleichgültig von mir abgewendet; wie es mir aber gelang, Dich mit solchem Maße für mich zu gewinnen, begreife ich noch nicht; mein eigner Geist muß bei jener Unterredung zwiefach über mir gewesen sein. Mit ihr ist mir ein neues Leben aufgegangen, denn erst in Dir habe ich jene wahrhafte Erhebung zu den höchsten Anschauungen, in welchen alles Weltliche als ein wesenloser Traum verschwindet, als einen herrschenden Zustand gefunden. In Dir haben mir die höchsten Ideen auch eine irdische Realität erlangt. Wir andern Sterblichen müssen erst fasten und uns leiblich und geistig zubereiten, wenn wir zum Mahle des Herrn gehen wollen, Du empfängst den Gott täglich ohne diese Anstalten.

Mir, o Freund! sind die himmlischen Mächte nicht so günstig, und oft bin ich mißmutig und weiß nicht, über wen ich es am meisten sein soll, ob über mich selbst oder über diese Zeit, denn auch sie ist arm an begeisternden Anschauungen für den Künstler jeder Art; alles Große und Gewaltige hat sich an eine unendliche Masse, unter der es beinah verschwindet, ausgeteilt. Unselige Gerechtigkeit des Schicksals! Damit keiner prasse und keiner hungere, müssen wir uns alle in nüchterner Dürftigkeit behelfen. Ist es da auch noch ein Wunder, wenn die Ökonomie in jedem Sinn und in allen Dingen zu einer so beträchtlichen Tugend herangewachsen ist. Diese Erbärmlichkeit des Lebens, laß es uns gestehen, ist mit dem Protestantismus aufgekommen. Sie werden alle zum Kelch hinzugelassen, die Laien wie die Geweihten, darum kann niemand genugsam trinken, um des Gottes voll zu werden, der Tropfen aber ist keinem genug; da wissen sie denn nicht, was ihnen fehlt, und geraten in ein Disputieren und Protestieren darüber. – Doch was sage ich Dir das! angeschaut im Fremden hast Du diese Zeitübel wohl schon oft, aber sie können Dich nicht so berühren, da Du sie nur als Gegensatz mit Deiner eigensten Natur sehen kannst und kein Gegensatz durch sie in Dich selbst gekommen ist. Genug also von dem aufgeblasenen Jahrhundert, an dessen Torheiten noch ferne Zeiten erkranken werden. Rückwärts in schönre Tage laß uns blicken, die gewesen. Vielleicht sind wir eben jetzt auf einer Bildungsstufe angelangt, wo unser höchstes und würdigstes Bestreben sich dahin richten sollte, die großen Kunstmeister der Vorwelt zu verstehen und mit dem Reichtum und der Fülle ihrer poesiereichen Darstellungen unser dürftiges Leben zu befruchten. Denn abgeschlossen sind wir durch enge Verhältnisse von der Natur, durch engere Begriffe vom wahren Lebensgenuß, durch unsere Staatsformen von aller Tätigkeit im Großen. So fest umschlossen ringsum, bleibt uns nur übrig, den Blick hinauf zu richten zum Himmel oder brütend in uns selbst zu wenden. Sind nicht beinahe alle Arten der neuern Poesie durch diese unsere Stellung bestimmt? Liniengestalten entweder, die körperlos hinaufstreben, im unendlichen Raum zu zerfließen, oder bleiche, lichtscheue Erdgeister, die wir grübelnd aus der Tiefe unsers Wesens heraufbeschwören; aber nirgends kräftige, markige Gestalten. Der Höhe dürfen wir uns rühmen und der Tiefe, aber behagliche Ausdehnung fehlt uns durchaus. Wie Shakespeare's Julius Cäsar möcht ich rufen: «Bringt fette Leute zu mir, und die ruhig schlafen, ich fürchte diesen hagern Cassius.» Da ich nun selbst nicht über die Schranken meiner Zeit hinausreiche, dünkt es Dir nicht besser für mich, den Weg eigner poetischer

Produktion zu verlassen und ein ernsthaftes Studium der Poeten der Vorzeit und besonders des Mittelalters zu beginnen? Ich weiß zwar, daß es mir Mühe kosten wird, ich werde gleichsam einen Zweig aus meiner Natur herausschneiden müssen, denn ich schaue mich am fröhlichsten in einem Produkt meines Geistes an und habe nur wahrhaftes Bewußtsein durch dieses Hervorgebrachte; aber um etwas desto gewisser zu gewinnen, muß man stets ein anderes aufgeben, das ist ein allgemeines Schicksal, und es soll mich nicht erschrecken. Eins aber hat mir stets das innerste Gemüt schmerzlich angegriffen, es ist dies: daß hinter jedem Gipfel sich der Abhang verbirgt; dieser Gedanke macht mir die Freude bleich in ihrer frischesten Jugend und mischt in all mein Leben eine unnennbare Wehmut. Darum erfreut mich jeder Anfang mehr als das Vollendete, und nichts berührt mich so tief wie das Abendrot; mit ihm möcht ich jeden Abend versinken, in der gleichen Nacht, um nicht sein Verlöschen zu überleben. Glückliche! denen vergönnt ist zu sterben in der Blüte der Freude, die aufstehen dürfen vom Mahle des Lebens, ehe die Kerzen bleich werden und der Wein sparsamer perlt. Eusebio! wenn mir auch dereinst das freundliche Licht Deines Lebens erlöschen sollte, o! dann nimm mich gütig mit wie der göttliche Pollux den sterblichen Bruder, und laß mich gemeinsam mit Dir in den Orkus gehen und mit Dir zu den unsterblichen Göttern, denn nicht möcht ich leben ohne Dich, der Du meiner Gedanken und Empfindungen liebster Inhalt bist, um den sich alle Formen und Blüten meines Seins herumwinden, wie das labyrinthische Geäder um das Herz, das sie all' erfüllt und durchglüht.

– Gestalt hat nur für uns, was wir überschauen können; von dieser Zeit aber sind wir umfangen, wie Embryonen von dem Leibe der Mutter, was können wir also von ihr Bedeutendes sagen? Wir sehen einzelne Symptome, hören Einen Pulsschlag des Jahrhunderts, und wollen daraus schließen, es sei erkrankt. Eben diese uns bedenklich scheinenden Anzeichen gehören vielleicht zu der individuellen Gesundheit dieser Zeit. Jede Individualität aber ist ein Abgrund von Abweichungen, eine Nacht, die nur sparsam von dem Licht allgemeiner Begriffe erleuchtet wird. Darum Freund! weil wir nur wenige Züge von dem unermeßlichen Teppich sehen, an welchem der Erdgeist die Zeiten hindurch webt, darum laß uns bescheiden sein. Es gibt eine Ergebung, in der allein Seligkeit und Vollkommenheit und Friede ist, eine Art der Betrachtung, welche ich Auflösung im Göttlichen nennen möchte; dahin zu kommen laß uns trachten und nicht klagen um die Schicksale des Universums. Damit Du aber deutlicher siehst, was ich damit meine, so sende ich Dir hiermit einige Bücher über die Religion der Hindu. Die Wunder uralter Weisheit, in geheimnisvollen Symbolen niedergelegt, werden Dein Gemüt berühren, es wird Augenblicke geben, in welchen Du Dich entkleidet fühlst von dieser persönlichen Einzelheit und Armut und wieder hingegeben dem großen Ganzen; wo Du es mehr als nur denkst, daß Alles, was jetzt Sonne und Mond ist, und Blume und Edelstein, und Äther und Meer, ein Einziges ist, ein Heiliges, das in seinen Tiefen ruht ohne Aufhören, selig in sich selbst, sich selbst ewig umfangend, ohne Wunsch nach dem Tun und Leiden der Zweiheit, die seine Oberfläche bewegt. In solchen Augenblicken, wo wir uns nicht mehr besinnen können, weil das, was das einzelne und irdische Bewußtsein weckt, dem äußern Sinn verschwunden ist unter der Herrschaft der Betrachtung des Innern; in solchen Augenblicken versteh ich den Tod, der Religion Geheimnis, das Opfer des Sohnes und der Liebe unendliches Sehnen. Ist es nicht ein Winken der Natur, aus der Einzelheit in die gemeinschaftliche Allheit zurückzukehren, zu lassen das geteilte Leben, in welchem die Wesen etwas für sich sein wollen und doch nicht können? Ich erblicke die rechte Verdammnis in dem selbstsüchtigen Stolz, der nicht ruhen konnte in dem Schoß des Ewigen, sondern ihn verlassend seine Armut und Blöße decken wollte mit der Mannigfaltigkeit der Gestalten und Baum wurde und Stein und Metall und Tier und der begehrliche Mensch.

Ja, auch das, o Freund! was sie alle nicht ohne Murren und Zweifeln betrachten mögen, das trübere Alter, ich verstehe seinen höheren Sinn jetzt. Entwickeln soll sich im Lauf der Jahre das persönliche Leben, sich ergötzen im *für sich sein*, seinen Triumph feiern in der Blüte der Jugend; aber absterben sollen wir im Alter dieser Einzelheit, darum schwinden die Sinne, bleicher wird das Gedächtnis, schwächer die Begierde, und des Daseins fröhlicher Mut trübt sich in Ahndungen der nahen Auflösung. – Es sind die äußeren Sinne, die uns mannigfaltige Grade unsers Gegensatzes mit der fremden Welt deutlich machen. Wenn aber die Scheidewand der Persönlichkeit zerfällt, mögen sie immerhin erlöschen; denn es bedarf des Auges nicht, unser Inneres und was mit ihm Eins ist zu schauen; auch ohne Ohr können wir die Melodie des ewigen Geistes vernehmen; und das Gedächtnis ist für die Vergangenheit, es ist das Organ des Wissens von uns selbst im Wechsel der Zeiten. Wo aber nicht die Zeit ist, nicht Vergangenes noch Künftiges, sondern ewige Gegenwart, da bedarfs der Erinnerung nicht. Was uns also abstirbt im Alter, ist die Vollkommenheit unseres Verhältnisses zur Außenwelt; *abgelebt* mögen also die wohl im Alter zu nennen sein, die von nichts wußten als diesem Verhältnis. – So fürchte ich höhere Jahre nicht, und der Tod ist mir willkommen; und zu dieser Ruhe der Betrachtung in allen Dingen zu gelangen, sei das

Ziel unseres Strebens. – Deutlich liegt Deine Bahn vor mir, Geliebtester! Denn erkannt habe ich Dich vom ersten Augenblick unserer Annäherung, die, das Bewußtsein wird mir immer bleiben, von Gott gefügt war; nie habe ich so das Angesicht eines Menschen zum erstenmal angesehen, nie solch Gefühl bei einer menschlichen Stimme gehabt; und dies Göttliche und Notwendige ist mir immer geblieben im Gedanken an Dich; und so weiß ich auch, was notwendig ist in Dir und für Dich, und wie Du ganz solltest leben in der Natur, der Poesie und einer göttlichen Weisheit. Ich weiß, daß es Dir nicht geziemt, Dir so ängstliche Studien vorzuschreiben. Die großen Kunstmeister der Vorwelt sind freilich da, um gelesen und verstanden zu werden, aber, wenn von Kunst- *Schulen* die Frage ist, so sage ich, sie sind *dagewesen*, jene Meister, eben deswegen sollen sie nicht noch einmal wiedergeboren werden; die unendliche Natur will sich stets neu offenbaren in der unendlichen Zeit. In der Fülle der Jahrhunderte ist Brahma oftmals erschienen, aber in immer neuen Verwandlungen; dieselbe Gestalt hat er nie wieder gewählt. So tue und dichte doch jeder das, wozu er berufen ist, wozu der Geist ihn treibt, und versage sich keinen Gesang als den mißklingenden. Doch zag' ich im Ernste nicht für Dich, die strebende Kraft wird den, welchen sie bewohnt, nicht ruhen lassen; es wird ihm oft wehe und bange werden ums Herz, bis die neugeborene Idee gestillet hat des Gebärens Schmerz und Sehnsucht.

Gestern lebte ich ein paar selige Stunden recht über der Erde, ich hatte einen Berg erstiegen, an dessen Umgebungen jede Spur menschlichen Anbaus zu Zweck und Nutzen verschwand; es ward mir wohl und heiter. Zwei herrliche Reiher schwebend über mir badeten ihre sorgenfreie Brust in blauer Himmelsluft. Ach! wer doch auch schon so dem Himmel angehörte, dachte ich da, und klein schien mir alles Irdische. In solchen Augenblicken behält nur das Ewige Wert, der schaffende Genius und das heilige Gemüt; da dacht ich Dein, wie immer, wenn die Natur mich berührt; oft gab ich dem Flusse, wenn der Sonne letzte Strahlen ihn erhellen, Gedanken an Dich mit, als würden seine Wellen sie zu Dir tragen und dein Haupt umspielen. Leb wohl, in meinen besten Stunden bin ich stets bei dir. –

Eine der größten Epochen meines kleinen Lebens ist vorübergegangen, Eusebio! ich habe auf dem Scheidepunkt gestanden zwischen Leben und Tod. Was sträubt sich doch der Mensch, sagte ich in jenen Augenblicken zu mir selbst, vor dem Sterben? ich freue mich auf jede Nacht, indem ich das Unbewußtsein und dunkle Träume dem hellern Leben vorziehe; warum grauet mir doch vor der langen Nacht und dem tiefen Schlummer? Welche Taten warten noch meiner, oder welche bessere Erkenntnis auf Erden, daß ich länger leben müßte? – Eine Notwendigkeit gebiert uns alle in die Persönlichkeit, eine gemeinsame Nacht verschlinget uns alle. Jahre werden mir keine bessere Weisheit geben, und wann Lernen, Tun und Leiden drunten noch Not tut, wird ein Gott mir geben, was ich bedarf. So sprach ich mir selbst zu, aber die Gedanken, die ich liebe, traten zu mir, und die Heroen, die ich angebetet hatte von Jugend auf: «Was willst Du am hohen Mittage die Nacht ersehnen?» riefen sie mir zu. «Warum untertauchen in dem alten Meer und darin zerrinnen mit allem, was Dir lieb ist?» So wechselten die Vorstellungen in mir, und Deiner gedacht ich, und immer Deiner, und fast alles andre nur in bezug auf Dich, und wenn anders den Sterblichen vergönnt ist, noch eines ihrer Güter aus dem Schiffbruch des irdischen Lebens zu retten, so hätte ich gewiß Dein Andenken mit hinabgenommen zu den Schatten. Daß Du mir aber könntest verloren sein, war der Gedanken schmerzlichster. Ich zagte, daß Dein Ich und das meine sollten aufgelöst werden in die alten Urstoffe der Welt; dann tröstete ich mich wieder, daß unsere befreundeten Elemente, dem Gesetze der Anziehung gehorchend, sich selbst im unendlichen Raume aufsuchen und zueinander gesellen würden. So wogten Hoffnung und Zweifel auf und nieder in meiner Seele, und Mut und Zagheit. Doch das Schicksal wollte – ich lebe noch. – Aber was ist es doch, das Leben? Dieses schon aufgegebene, wieder erlangte Gut! so frag ich mich oft: Was bedeutet es, daß aus der Allheit der Natur ein Wesen sich mit solchem Bewußtsein losscheidet und sich abgerissen von ihr fühlt? Warum hängt der Mensch mit solcher Stärke an Gedanken und Meinungen, als seien sie das Ewige, warum kann er sterben für sie, da doch für ihn eben dieser Gedanke mit seinem Tode verloren ist? und warum, wenn gleichwohl diese Gedanken und Begriffe dahinsterben mit den Individuen, warum werden sie von denselben immer wieder aufs neue hervorgebracht und drängen sich so durch die Reihen des aufeinanderfolgenden Geschlechtes zu einer Unsterblichkeit in der Zeit? Lange wußt' ich diesen Fragen nicht Antwort, und sie verwirrten mich; da war mir plötzlich in einer Offenbarung alles deutlich und wird es mir ewig bleiben. Zwar weiß ich, das Leben ist nur das Produkt der innigsten Berührung und Anziehung der Elemente; weiß, daß alle seine Blüten und Blätter, die wir Gedanken und Empfindungen nennen, verwelken müssen, wenn jene Berührung aufgelöst wird, und daß das einzelne Leben dem Gesetz der Sterblichkeit dahingegeben ist; aber so gewiß mir dieses ist, ebenso über allem Zweifel ist mir auch das andre, die Unsterblichkeit des Lebens im Ganzen; denn dieses Ganze ist eben das Leben, und es wogt auf und nieder in seinen Gliedern, den Elementen, und was es auch sei, das durch Auflösung (die wir zuweilen Tod nennen) zu denselben zurückgegangen ist, das vermischt sich mit ihnen nach Gesetzen der Verwandtschaft, d. h. das Ähnliche zu dem Ähnlichen. Aber anders sind diese Elemente geworden, nachdem sie einmal im Organismus zum Leben hinaufgetrieben gewesen, sie sind lebendiger geworden; wie zwei, die sich in langem Kampf übten, stärker sind, wenn er geendet hat, als ehe sie kämpften, so die Elemente, denn sie sind lebendig, und jede lebendige Kraft stärkt sich durch Übung. Wenn sie also zurückkehren zur Erde, vermehren sie das Erdleben. Die Erde aber gebiert den ihr zurückgegebenen Lebensstoff in andern Erscheinungen wieder, bis durch immer neue

Verwandlungen alles Lebensfähige in ihr ist lebendig geworden. Dies wäre, wenn alle Massen organisch würden. –

So gibt jeder Sterbende der Erde ein erhöhtes, entwickelteres Elementarleben zurück, welches sie in aufsteigenden Formen fortbildet; und der Organismus, indem er immer entwickeltere Elemente in sich aufnimmt, muß dadurch immer vollkommener und allgemeiner werden. So wird die Allheit lebendig durch den Untergang der Einzelheit, und die Einzelheit lebt unsterblich fort in der Allheit, deren Leben sie lebend entwickelte und nach dem Tode selbst erhöht und mehrt und so durch Leben und Sterben die Idee der Erde realisieren hilft. Wie also auch meine Elemente zerstreut werden mögen, wenn sie sich zu schon Lebendem gesellen, werden sie es erhöhen; wenn zu dem, dessen Leben noch dem Tode gleicht, so werden sie es beseelen. Und wie mir deucht, Eusebio, so entspricht die Idee der Indier von der Seelenwanderung dieser Meinung; nur dann erst dürfen die Elemente nicht mehr wandern und suchen, wann die Erde die ihr angemessene Existenz, die organische, durchgehende erlangt hat. Alle bis jetzt hervorgebrachten Formen müssen aber wohl dem Erdgeist nicht genügen, weil er sie immer wieder zerbricht und neue sucht; die ihm ganz gleichen würde er nicht zerstören können, eben weil sie ihm gleich und von ihm untrennbar wären. Diese vollkommene Gleichheit des inneren Wesens mit der Form kann, wie mir scheint, überhaupt nicht in der Mannigfaltigkeit der Formen erreicht werden; das Erdwesen ist nur eines, so dürfte also seine Form auch nur eine, nicht verschiedenartig sein; und ihr eigentliches wahres Dasein würde die Erde erst dann erlangen, wann sich alle ihre Erscheinungen in einem gemeinschaftlichen Organismus auflösen würden; wann Geist und Körper sich so durchdrängen, daß alle Körper, alle Form auch zugleich Gedanken und Seele wäre und aller Gedanke zugleich Form und Leib und ein wahrhaft verklärter Leib, ohne Fehl und Krankheit und unsterblich; also ganz verschieden von dem, was wir Leib oder Materie nennen, indem wir ihm Vergänglichkeit, Krankheit, Trägheit und Mangelhaftigkeit beilegen, denn diese Art von Leib ist gleichsam nur ein mißglückter Versuch, jenen unsterblichen göttlichen Leib hervorzubringen. – Ob es der Erde gelingen wird, sich so unsterblich zu organisieren, weiß ich nicht. Es kann in ihren Urelementen ein Mißverhältnis von Wesen und Form sein, das sie immer daran hindert; und vielleicht gehört die Totalität unseres Sonnensystems dazu, um dieses Gleichgewicht zustande zu bringen; vielleicht reicht dieses wiederum nicht zu, und es ist eine Aufgabe für das gesamte Universum.

In dieser Betrachtungsweise, Eusebio, ist mir nun auch deutlich geworden, was die großen Gedanken von Wahrheit, Gerechtigkeit, Tugend, Liebe und Schönheit wollen, die auf dem Boden der Persönlichkeit keimen und, ihn bald überwachsend, sich hinaufziehen nach dem freien Himmel, ein unsterbliches Gewächs, das nicht untergehet mit dem Boden, auf dem es sich entwickelte, sondern immer neu sich erzeugt im neuen Individuum, denn es ist das Bleibende, Ewige, das Individuum aber das zerbrechliche Gefäß für den Trank der Unsterblichkeit. – Denn, laß es uns genauer betrachten, Eusebio, alle Tugenden und Trefflichkeiten, sind sie nicht Annäherungen zu jenem höchst vollkommenen Zustand, soviel die Einzelheit sich ihm nähern kann? Die Wahrheit ist doch nur der Ausdruck des sich selbst gleichseins überhaupt, vollkommen wahr ist also nur das Ewige, das keinem Wechsel der Zeiten und Zustände unterworfen ist. Die Gerechtigkeit ist das Streben, in der Vereinzelung untereinander gleich zu sein. Die Schönheit ist der äußere Ausdruck des erreichten Gleichgewichtes mit sich selbst. Die Liebe ist die Versöhnung der Persönlichkeit mit der Allheit; und die Tugend aller Art ist nur eine, d. h. ein Vergessen der Persönlichkeit und Einzelheit für die Allheit.

Durch Liebe und Tugend also wird schon hier auf eine geistige Weise der Zustand der Auflösung der Vielheit in der Einheit vorbereitet, denn wo Liebe ist, da ist nur ein Sinn, und wo Tugend, ist einerlei Streben nach Taten der Gerechtigkeit, Güte und Eintracht. Was aber sich selbst gleich ist und äußerlich und innerlich den Ausdruck dieses harmonischen Seins an sich trägt und selbst dieser Ausdruck ist, was eins ist und nicht zerrissen in Vielheit, das ist gerade jenes Vollkommene, Unsterbliche und Unwandelbare, jener Organismus, den ich als das Ziel der Natur, der Geschichte und der Zeiten, kurz des Universums betrachte. Durch jede Tat der Unwahrheit, Ungerechtigkeit und Selbstsucht wird jener selige Zustand entfernt und der Gott der Erde in neue Fesseln geschlagen, der seine Sehnsucht nach besserem Leben in jedem Gemüt durch Empfänglichkeit für das Treffliche ausspricht, im verletzten Gewissen aber klagt, daß sein seliges, göttliches Leben noch fern sei.